BESONDEREN DANK DES AUTORS AN: HANSJE UND MARA JOUSTRA,
GERARD SOETEMAN, GERT JAN POS, MILAN HULSING, JAN DOENSE,
MEINE STUDIOGENOSSEN VON DE RUYMPTE, UND LAST BUT NOT
LEAST AN STANS, MEINE ALLERLIEBSTE TESTLESERIN.

H.P. LOVECRAFT – VOM JENSEITS UND ANDERE ERZÄHLUNGEN
BEARBEITET UND ILLUSTRIERT VON ERIK KRIEK
ISBN: 978-3-939080-91-6
© 2012 ERIK KRIEK. FIRST PUBLISHED BY
OOG & BLIK | DE BEZIGE BIJ, AMSTERDAM.
© FÜR DIE DEUTSCHE AUSGABE, AVANT-VERLAG 2013.

ÜBERSETZUNG AUS DEM NIEDERLÄNDISCHEN: GREGOR SEFERENS
REDAKTION: NADJA GEBHARDT
KORREKTUR: JOHANN ULRICH, FILIP KOLEK
LETTERING & PRODUKTION: TINET ELMGREN
HERAUSGEBER: JOHANN ULRICH

MEHR INFORMATIONEN FINDEN SIE UNTER:
WWW.AVANT-VERLAG.DE
WWW.FACEBOOK.COM/AVANT.VERLAG

DIE ÜBERSETZUNG DIESES BUCHES
WURDE VON DER NIEDERLÄNDISCHEN
STIFTUNG FÜR LITERATUR GEFÖRDERT.

Nederlands letterenfonds
dutch foundation for literature

H.P. LOVECRAFT

VOM JENSEITS
UND ANDERE ERZÄHLUNGEN

bearbeitet und illustriert von

ERIK KRIEK

avant-verlag

Erik Kriek HAT ETWAS SEHR HEIKLES GEWAGT: IN ZEICHNUNGEN einzufangen, was man am besten und effektivsten der Phantasie des Lesers überlässt. Jeder, der eine Erzählung von H. P. Lovecraft, dem Meister der amerikanischen Ostküsten-Horrorgeschichten, liest, macht sich eigene Vorstellungen von den Monstern. Ich las – als kleiner Junge – meine erste Lovecraft-Geschichte, als mein Vater mir eine dicke Anthologie mit englischen und amerikanischen Horrorgeschichten schenkte: *Vor und nach Mitternacht*. Die sparsamen Illustrationen stammten von Eppo Doeve, und heute, sechzig Jahre später, steht dieses Buch immer noch in meinem Regal, sind die Erzählungen in meinem Gedächtnis, befinden sich die Bilder auf meiner Netzhaut. Merkwürdige Zeichnungen, unvollständig, sparsam und, so wie es sich gehört, in Schwarzweiß. Das Buch hat eine lebenslange Faszination ausgelöst: Immer noch kaufe ich regelmässig Horror. Es erscheint keine Neuausgabe von Ambrose Bierce oder Roald Dahl, in die ich nicht hineinschaue, um zu sehen, ob darin – wie kurz auch immer – nicht doch etwas Neues steht.

Lovecrafts Erzählung *Das Ding auf der Schwelle* faszinierte und fasziniert mich noch immer so, dass ich sie, als eine Hollywood-Produzentin mich bat, einen Polit-Thriller zu schreiben, zu einem Drehbuch umgearbeitet habe. Um die geforderte Aktualität hineinzubekommen, dachte ich mir einen sehr wichtigen Berater eines neugewählten amerikanischen Präsidenten aus, der in einer kleinen neuenglischen Stadt à la Lovecraft landet. Man erlebt, wie er durch Seelenwanderung allmählich verrückt wird und zu glauben beginnt, dass das Ende der Welt, wenn es nicht sowieso schon bevorsteht, von ihm herbeigeführt werden muss. Als vollkommen Wahnsinniger reist er zurück nach Washington, um dort als Mitglied des Nationalen Sicherheitsrats dem

Präsidenten verhängnisvolle Ratschläge zu geben ... Die Produzentin lehnte das Drehbuch ab: „Wahnsinnige würden in Washington niemals in solche Positionen gelangen." Und dann ... kam Oliver North, um Reagan zu dienen, und – später – taten Bushs Ratgeber ihre segensreiche Arbeit so, dass die Vereinigten Staaten in maßlose Schulden gestürzt wurden, um heillose Kriege zu führen und zu bezahlen ... tja.

Lovecraft ist meiner Meinung nach ein Darwinist: Niemand entkommt seinem Schicksal, keiner kann von seinem Lebenspfad abweichen, den seine Gene, sein Erbe ihm zu gehen auferlegt haben. Das hat Erik Kriek sehr schön in *Schatten über Innsmouth* gestaltet. Schon auf der ersten Seite, im vierten Panel spürt man bereits – auf subtile Weise – worauf das ganze hinauslaufen wird, und das bleibt so während der ganzen Geschichte. Wessen man sich als Leser nicht bewusst wird, ist das Ambiente und die Zeit, in der sich all das abspielt: Mitte der zwanziger Jahre des vorigen Jahrhunderts. Die Kleidung, das Städtchen, die Autos, die Leere! Wenn man sich die Farben aus Edward Hoppers Gemälden wegdenkt, reicht Erik Kriek ganz nah an den Meister heran. Schon die erste Zeichnung: ein einsamer Mann auf einem Bett in einem schrecklichen Hotelzimmer. Trotz der Fülle seiner überaus detaillierten Bilder gelingt es Kriek immer wieder, mir einen Schauder über den Rücken zu jagen. Ich will dann weg aus dieser Realität! Ich will fliehen!

Horror steht in einem ganz engen Zusammenhang mit unserem Urtrieb zu fliehen. Denn nur durch Flucht haben wir als Homines Sapientes es geschafft zu überleben. Als unsere Vorfahren aus den Bäumen herunterkletterten und sich auf die Ebene wagten, konnten sie nur überleben, indem sie vor anderen Tieren flohen, die noch größer und noch aggressiver waren als sie selbst. Fliehen müssen wir heute nicht mehr: Nichts und niemand ist so aggressiv

und hat solch wirksame Waffen entwickelt wie der Mensch. Doch auch nach Hunderten von Generationen gibt es den Fluchttrieb immer noch, und sein Besitzer empfindet es als angenehm, genau dort gekitzelt zu werden: im Angstzentrum seines Hirns. Und dieser angenehme Kitzel erklärt die uralte Popularität von Gruselgeschichten und die neue Popularität von Horrorfilmen und – hoffentlich – die Popularität von Horrorphantasien in Comics.

Jedoch: da ist mehr als dieser Fluchttrieb. Wir leben in einer – allem Anschein nach – erklärbaren Welt. Aber ist dem auch so? Ist wirklich alles klar wie Kloßbrühe? Angenommen, nur einmal angenommen, dass es eine andere Welt gibt. Nicht erklärbar! Rätselhaft und vage. Angenommen, aus dieser anderen Welt würden ständig Tentakeln ausgestreckt, die uns packen und in den Wahnsinn zerren wollen. Oder, wenn schon nicht in den Wahnsinn, so doch in die Tiefen, aus denen wir, aus denen alle Tiere entstanden sind, vor rund einer Milliarde Jahren. Ins Wasser mit seiner Dunkelheit, seiner Finsternis, seinen bedrohlichen Algen und Tentakeln. In die Beklemmung, wo wir keine Luft mehr bekommen können, einer Beklemmung von allumfassender Sanftheit, aus der es kein Entrinnen gibt. Worin wir untergehen und in unseren eigenen Ängsten ertrinken. Horror ist Angst, gewiss. Aber irgendwo ist er auch das Bewusstsein, dass wir aus einer Art Ursuppe an Land geklettert sind, um ‚es zu schaffen'. Und dass nur ‚etwas', egal was, passieren muss, um wieder hoffnungslos zu versinken im Amorphen, in der Hirnlosigkeit eines nie vergessenen, beklemmenden, nassen Ursprungs. Angst vor dem ‚Zurück-auf-Los'.

Gerard Soeteman
Rotterdam, 30. Dezember 2011

(Gerard Soeteman ist ein niederländischer Drehbuchautor, der vor allem für seine Zusammenarbeit mit Paul Verhoeven bekannt geworden ist.)

der AUSSENSEITER

ICH WEISS NICHT, WO ICH GEBOREN WURDE. ICH WEISS NUR, DASS DAS SCHLOSS *UNGEHEUER* ALT WAR, VOLLER FINSTERER FLURE, SCHATTEN UND SPINNWEBEN; ES STANK *FÜRCHTERLICH* ...

NIE WAR ES *HELL*. DIE SONNE STIEG *NICHT* ÜBER DIE *HOHEN BÄUME* ...

EIN *SCHWARZER TURM* RAGTE BIS IN DEN *HIMMEL* ...

DER *OBERSTE* WEHRGANG WAR NUR DURCH EINE *WAG-HALSIGE KLETTERPARTIE* ZU ERREICHEN.

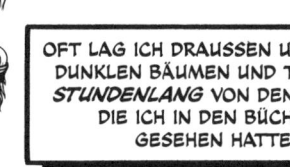

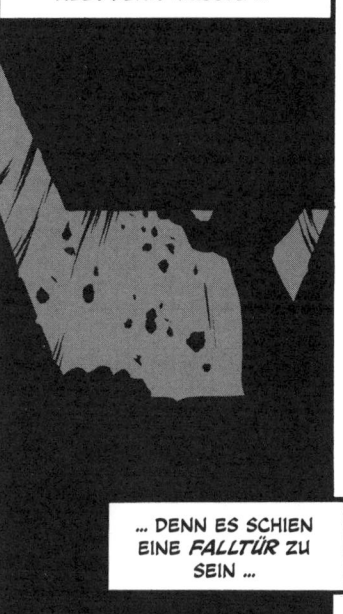

DURCH EINES DER FENSTER SCHAUTE ICH *HINEIN* UND SAH EINE MERKWÜRDIG GEKLEIDETE, FRÖHLICHE *GESELLSCHAFT* ...

MIR WURDE KLAR, DASS ICH *NIE* ZUVOR MENSCHEN HATTE *SPRECHEN* HÖREN ...

... MANCHE HATTEN *GESICHTSZÜGE*, DIE MICH AN EINE *FERNE VERGANGENHEIT* ERINNERTEN ...

ICH STIEG ÜBER DIE NIEDRIGE FENSTERBANK IN DEN *HERRLICH* ERLEUCHTETEN SAAL, UND MEINE *HOFFNUNG* VERWANDELTE SICH IN *BITTERNIS* ... ALS ICH DEN SAAL BETRAT, VOLLZOG SICH DAS *FÜRCHTERLICHSTE*, DAS ICH JE ERLEBT HABE ...

... DIE *GESAMTE* GESELLSCHAFT WURDE VON EINER PLÖTZLICHEN *PANIK* ERGRIFFEN. *ALLE* GESICHTER WAREN *SCHRECKVERZERRT*, UND AUS DEN KEHLEN DRANGEN DIE *GRAUENHAFTESTEN* SCHREIE ...

EINE *MASSENFLUCHT* FOLGTE. *MÖBEL* WURDEN UMGERANNT, UND DIE LEUTE STIESSEN GEGEN DIE *WÄNDE*, BEVOR ES IHNEN GELANG, EINE DER TÜREN ZU ERREICHEN ...

VERBLÜFFT STAND ICH *ALLEIN* IN DEM *HELL ERLEUCHTETEN RAUM*. DER SAAL SCHIEN *VERLASSEN*, DOCH ICH MEINTE, *ETWAS* IN EINER DER *NISCHEN* ZU SEHEN ...

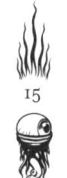

NAHUM BLIEB AUF SEINEM OBST SITZEN. DIE *UNGEWÖHNLICH* REICHHALTIGE ERNTE BRACHTE DEN GARDNERS ALSO ÜBERHAUPT *NICHTS* EIN, FÜR DIE FARMERFAMILIE EIN *SCHWERER SCHLAG*. IN DEN DARAUFFOLGENDEN MONATEN SAH MAN DIE FAMILIE IMMER SELTENER IM DORF. NICHT EINMAL DIE KIRCHE BESUCHTEN SIE MEHR.

DER *WINTER* KAM FRÜH IN JENEM JAHR. AN EINEM *KALTEN* TAG RITT ICH, AUF DEM RÜCKWEG AUS DEM DORF, ZUFÄLLIG AN NAHUMS FARM VORBEI.

HO, RUHIG, MÄDCHEN!

DIE *BÄUME!* ES SCHEINT, ALS WÜRDEN SIE *LEUCHTEN!*

NICHTS GEDIEH MEHR AUF DEM *VERSEUCHTEN* UND *VERSENGTEN* STÜCK LAND ...

FORSCHER DER *MISKATONIC-UNIVERSITÄT* IN *ARKHAM* TATEN IHR BESTES, DOCH EINE URSACHE DAFÜR FANDEN SIE NICHT ...

JAHRELANG LAG DAS LAND BRACH, KEIN *GRASHALM* WOLLTE DORT WACHSEN ...

BIS MAN SICH DANN ENTSCHLOSS, DEN FLUSS UMZULEITEN UND EINEN *STAUSEE* ANZULEGEN.

DAGON

ICH TRIEB AUF DER ENDLOSEN WASSERFLÄCHE.

ZAHLLOSE TAGE TRIEB ICH UNTER DER SENGENDEN SONNE DAHIN, AUF EIN VORBEIFAHRENDES SCHIFF ODER EIN ANZEICHEN VON LAND WARTEND.

ICH WAR NIE EIN GUTER NAVIGATOR GEWESEN. ICH SCHÄTZTE, DASS ICH MICH IRGENDWO SÜDLICH DES ÄQUATORS BEFAND ...

WÄHREND ICH SCHLIEF, VOLLZOG SICH DIE VERÄNDERUNG. WAS GESCHAH, WERDE ICH NIE ERFAHREN, DENN MEIN SCHLAF WAR UNENDLICH TIEF.

ALS ICH SCHLIESSLICH ERWACHTE, BEMERKTE ICH EINE WEITE EBENE AUS SCHWARZEM SCHLICK ...

DIE SCHRIFT WAR EIN MIR UNBEKANNTES HIEROGLYPHENSYSTEM ... DIESER UNERWARTETE BLICK IN EINE VERGANGENHEIT, DIE SELBST DIE KÜHNSTEN VORSTELLUNGEN EINES JEDEN *ANTHROPOLOGEN* ÜBERSTIEG, ERFÜLLTE MICH MIT EHRFURCHT ...

UND DANN SAH ICH *ES* ...

WIE ICH ZU MEINEM GESTRANDETEN BOOT ZURÜCKFAND, DARAN KANN ICH MICH KAUM ERINNERN.

ICH ERWACHTE IN EINEM KRANKENHAUS IN *SAN FRANCISCO*.

NATÜRLICH GLAUBTE MIR NIEMAND, ALS ICH ZÖGERND MEINE FIEBRIGE GESCHICHTE ERZÄHLTE ...

DESHALB HABE ICH SIE AUFGESCHRIEBEN; JETZT BIN ICH BEREIT, MEINEM LEBEN EIN ENDE ZU SETZEN.

ODER WAR ALLES DOCH NUR EIN HIRNGESPINST?

EAARGH

51

VOM JENSEITS

ICH HATTE MEINEN FREUND *CRAWFORD TILLINGHAST* SEIT DEM ENDE UNSERES STUDIUMS VOR EIN PAAR JAHREN NICHT MEHR GESEHEN ...

ICH WUSSTE, DASS ER SICH SEIT EINIGER ZEIT IN SEIN *LABOR* AUF DEM DACHBODEN EINSCHLOSS UND WENIG ASS ...

DENNOCH ERSCHRAK ICH, ALS ER MIR AUFMACHTE UND ICH SAH, WIE *MAGER* UND *UNGEPFLEGT* ER AUSSAH ...

HALLO, ALTER FREUND! ICH BIN SOFORT GEKOMMEN, NACHDEM ICH DEINEN *BRIEF* ERHALTEN HABE ...

AH! DU BIST'S. KOMM *SCHNELL REIN!*

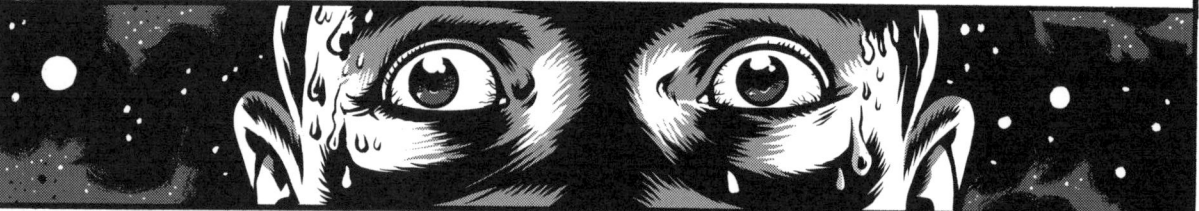

ICH SPÜRTE, DASS DIE LEBENDIGEN WESEN MICH *UMSCHWEBTEN* UND MANCHMAL SOGAR *MITTEN DURCH MICH HINDURCHTRIEBEN.*

NIEEGH

... SIEHST DU SIE?!

... SIEHST DU DIE DINGE, DIE *PERMANENT* UM DICH HERUM UND DURCH DICH HINDURCH *SCHWEBEN* UND *FLATTERN?*

... SIEHST DU DIE *GESCHÖPFE*, DIE DAS BILDEN, WAS DIE MENSCHEN DIE *KLARE LUFT* UND DEN *BLAUEN HIMMEL* NENNEN? IST ES MIR NICHT GELUNGEN, DIE *BARRIERE* ZU *DURCHBRECHEN?* HABE ICH DIR KEINE WELTEN GEZEIGT, DIE KEIN ANDERER LEBENDER MENSCH *JE* ZUVOR ERBLICKT HAT ...?!

DU WARST ES, DER MICH AUF DER *UNIVERSITÄT* VERSUCHT HAT ZU *ENTMUTIGEN*, DU *FEIGLING* ...!

JETZT BIST DU SPRACHLOS, WAS?! ICH SAGE DIR, ICH HABE *TIEFEN* ANGEBOHRT, DIE DEIN *BESCHRÄNKTES* HIRN SICH NICHT *VORSTELLEN* KANN! ICH HABE *ÜBER DIE GRENZEN DER UNENDLICHKEIT* GESCHAUT UND *DÄMONEN* VON DEN STERNEN HERABGEHOLT. DAS *ALL* GEHÖRT *MIR!!* DIE *VERSCHLINGER* MACHEN JAGD AUF MICH, SIE MÜSSEN GEFÜTTERT WERDEN! ICH WEISS, WIE ICH IHNEN *ENTKOMME* ... ABER SIE HABEN EINEN *UNSTILLBAREN* HUNGER ...

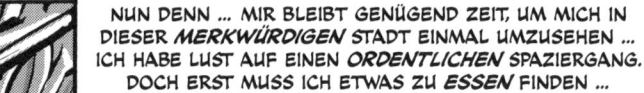

ICH WAR DAMALS NOCH EIN *KIND* ... ES WAREN *HARTE* ZEITEN FÜR INNSMOUTH; EINIGE UNSERER *SCHIFFE* SANKEN, UND DADURCH KAM DER *HANDEL* ZUM ERLIEGEN ... DIE FISCHGRÜNDE SCHIENEN *ERSCHÖPFT* ... DIE MENSCHEN WANDTEN SICH VOLLER VERZWEIFLUNG AN GOTT ...

KAPITÄN OBED NANNTE SIE *IDIOTEN*, WEIL SIE IHREN „*NICHTSNUTZIGEN CHRISTUS*" ANFLEHTEN. „IHRE GEBETE WERDEN DOCH NICHT ERHÖRT WERDEN", BEHAUPTETE ER ...

ER KANNTE EINEN *BESSEREN* GOTT FÜR DIE BEWOHNER VON *INNSMOUTH*, EINEN, DER IHNEN IHREN FRÜHEREN *REICHTUM* UND *WOHLSTAND* WIEDERBRÄCHTE.

AUF EINER SEINER LANGEN REISEN HATTE ER EINE *INSEL* ENTDECKT, DEREN BEWOHNER EINEN *URALTEN STEIN* ANBETETEN. SIE HATTEN BERGEWEISE FISCH UND TRUGEN *SCHMUCK* ...

SELTSAMEN SCHMUCK, JEDOCH AUS PUREM *GOLD!* VON SEINEN REISEN ZU DER FERNEN INSEL BRACHTE OBED JEDE MENGE DAVON MIT ...

DIE MENSCHEN VON *INNSMOUTH* WAREN VOM ANBLICK DES GOLDES UND OBEDS GESCHICHTEN *VERZAUBERT*. SIE JAGTEN DEN *PFARRER* AUS DER STADT UND *PLÜNDERTEN* DIE KIRCHE ...

OBED UND DIE SEINEN GEWANNEN IMMER MEHR *EINFLUSS*, UND DAS GLÜCK KEHRTE ZURÜCK. INNSMOUTH FLORIERTE WIE *NIE* ZUVOR ...

DIE NETZE UND REUSEN WAREN GANZ WIE FRÜHER JEDES MAL *VOLL MIT FISCHEN* UND *KREBSEN*. SELBST DIE *ÄRMSTE* FISCHERSFRAU TRUG SCHMUCK AUS GOLD ...

DOCH DAS ALLES HATTE SEINEN *PREIS* ...

OBED HATTE *VERSCHWIEGEN*, DASS DER STEIN *WESEN* AUS DER *TIEFE* GEHÖRTE, EINEM VOLK VON *FROSCHARTIGEN FISCHEN*, JEDOCH MIT ZWEI BEINEN, WIE EIN *MENSCH*!

DIESE *FISCHWESEN* KAMEN AB UND ZU AN LAND, UM SICH MIT DEN INSELBEWOHNERN ZU *PAAREN*, SO DASS IHR *BLUT* SICH SCHLIESSLICH MIT DEM DER MENSCHEN MISCHTE ... DAS WAR DER PREIS FÜR ALL DEN *REICHTUM* ...

ES GAB LEUTE, DIE VERSUCHTEN, DIE BEWOHNER VON *INNSMOUTH* ZU *WARNEN*. DOCH KEINER WOLLTE AUF SIE HÖREN, *GEBLENDET* WIE SIE ALLE VON DEM *NEUEN WOHLSTAND* WAREN ...

DER ‚*ESOTERISCHE ORDEN VON DAGON*', WIE OBED MARSHS VEREIN SICH NANNTE, WURDE IMMER MÄCHTIGER. DIE LEUTE GINGEN NICHT MEHR ZUR KIRCHE, SONDERN IN DEN ‚*TEMPEL VON DAGON*' ...

OBED ERNANNTE SICH SELBST ZUM *HOHEPRIESTER* UND HEIRATETE EINE FRAU, DIE ER VON DER *VERFLUCHTEN* INSEL MITGEBRACHT HATTE. *NIEMAND* BEKAM SIE ZU GESICHT, DOCH SIE SCHENKTE IHM DREI TÖCHTER ...

EINE SAH NOCH RECHT *MENSCHLICH* AUS ... MIT TRICK-REICHER *HINTERLIST* KONNTE ER SIE MIT EINEM REICHEN KERL AUS *ARKHAM* VERHEIRATEN ... DIE BEIDEN ANDEREN WAREN *SCHRECKLICH* ANZUSEHEN ...

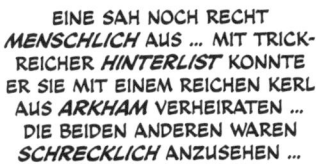

NACHTS GESCHAHEN SELTSAME DINGE AUF DEM TEUFELSRIFF ... MIT DEM FERNGLAS MEINES VATERS BEOBACHTETE ICH HEIMLICH IHRE RITUALE.

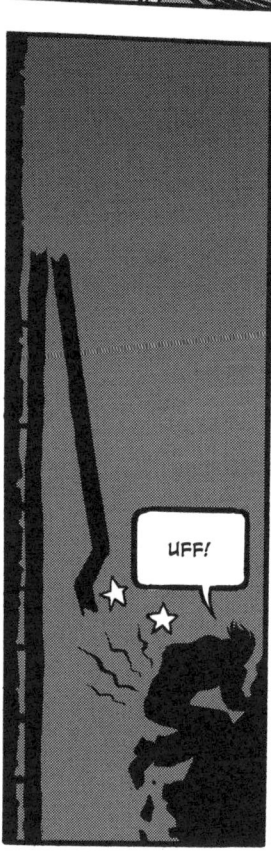

WAS WAREN DAS FÜR *GESTALTEN?*
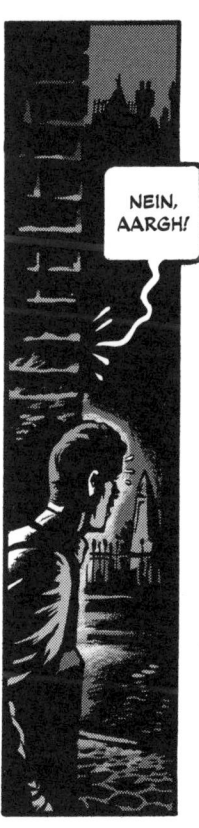
NEIN, AARGH!

MEIN KOFFER LAG NOCH IM HOTEL, DOCH ICH WOLLTE AUF GAR KEINEN FALL IN DIE *VERFLUCHTE* STADT ZURÜCKKEHREN.

ICH SETZTE MEINEN *ERSCHÖPFTEN, STEIFEN* KÖRPER IN BEWEGUNG. ICH WAR MIR ALLES ANDERE ALS SICHER, DASS DIE EREIGNISSE DER VERGANGENEN NACHT *WIRKLICH* STATTGEFUNDEN HATTEN, ABER ICH MUSSTE UND WOLLTE UNBEDINGT FORT AUS *INNSMOUTH* MIT SEINEN *BÖSARTIGEN* SCHATTEN.

Vom Jenseits

Der amerikanische Autor von *Pulp* und *Weird Tales*, HOWARD PHILLIPS LOVECRAFT, ist der einflussreichste Horrorautor des 20. Jahrhunderts, doch war er zu seinen Lebzeiten unbekannt. Geboren im Jahr 1890 und gestorben 1937, schrieb er in seinem kurzen, isolierten Leben mehr als einhundert Erzählungen und einige Novellen. Sein Werk erschien, wenn es denn überhaupt veröffentlicht wurde, in Amateur- und Science-Fiction-Magazinen und ging im endlosen Strom aus makabrem Schund unter, der in jener Zeit die Zeitschriftenregale überquellen ließ. Nur die wenigen aufmerksamen Fans erkannten in den verstreuten und von Redakteuren verunstalteten Werken ein furchteinflößendes und einmaliges Œuvre. Nachdem postum einige Bände mit seinen Arbeiten erschienen waren, wurde deutlich, dass Lovecraft kein Lohnschreiber gewesen ist, sondern sein kurzes Leben der sorgfältigen und beinahe manischen Konstruktion eines grausigen und fremdartigen Universums gewidmet hat.

Von Milan Hulsing

Von Lovecraft wird gesagt, er habe sich abgesondert, er sei vor der Banalität des Lebens geflohen und habe eine puritanische Weltsicht gehabt. Er wohnte den größten Teil seines Lebens bei seiner Mutter in Providence, Rhode Island, und kommunizierte am liebsten schriftlich; mit Geistesverwandten wechselte er die unglaubliche Zahl von einhunderttausend Briefen. Nach dem Tod seiner Mutter lebte er bei seiner Tante. Seine 1924 geschlossene Ehe mit der Hutmacherin Sonia Greene* scheiterte bald, und nach der kurzen Zeit mit ihr im modernen New York zog Lovecraft 1926 erneut zu seiner Tante nach Providence, wo er elf Jahre später starb.

Weil er in Anonymität lebte und arbeitete, gibt es von H.P. Lovecraft nicht viele Fotos. Einige sind unscharf und grobkörnig und so belichtet, dass man in der geisterhaften Erscheinung des Autors nur den strengen Mund und zwei dunkle Augenhöhlen erkennt. Aber es gibt auch ein paar fokussierte Aufnahmen. Wer diese oberflächlich betrachtet, erblickt im rechteckigen und steifen Antlitz des Horrorautors einen Buchhalter oder Büroangestellten. Wer die Fotos aber länger anschaut und den Blick auf Lovecrafts – großen und ernsten – Augen ruhen lässt, der bemerkt einen Ausdruck, der verrät, dass der Autor auf dem Foto nicht steif ist, sondern erstarrt. Er schaut an einem vorbei, in die Ferne oder in Träume. Und was er sieht, ist schrecklich. Dinge, die kein anderer Mensch wahrnimmt und die nicht für unsere Augen bestimmt sind. Sie sind die perfekten Illustrationen zu seinem Œuvre und zeigen ein wichtiges Porträt aus dem Pantheon der seltsamen Autoren. Edgar Allan Poes getrübte Augen, Kafkas spitze Ohren, Lovecrafts eckiges Gesicht mit dem distanzierten Blick in die Ferne, das sind Porträts, die zu Ikonen spezifischer Arten von Horror geworden sind.

Wo Poes Werk psychologisch ist – der Horror des von sich selbst umringten

---

* Sonia Greene war zudem auch als Schriftstellerin und Herausgeberin tätig. (Anm. d. Hrsg.)

Menschen – und Kafkas Werk sozial – der Mensch umringt von seinen Mitmenschen –, da zoomt Lovecraft in seinen Erzählungen vollständig vom Individuum weg und kreiert kosmischen Horror – den Horror des nichtigen Menschen, der sich mehr und mehr umgeben weiß von einem kalten, bösen und willkürlichen Weltall. Es sind seine labyrinthischen, manchmal beinahe plotlosen Geschichten von außerirdischer, allumfassender Paranoia und furchteinflößender Unbestimmtheit, die – möglicherweise dank ihrer Ungreifbarkeit – den größten Eindruck machen. Die erste Hälfte des 20. Jahrhunderts war eine Zeit permanenter wissenschaftlicher Offenbarungen. In Lovecrafts Werk führt dies jedoch nicht zu mehr Aufklärung, die Forschung fördert stattdessen am Ende eine derart grässliche Wirklichkeit zutage, welcher der Mensch nicht gewachsen ist.

1929 schrieb Lovecraft in *Cthulhus Ruf*: „Die Wissenschaften – deren jede in eine eigene Richtung zielt – haben uns bis jetzt wenig gekümmert; aber eines Tages wird das Zusammenfügen der einzelnen Erkenntnisse so erschreckende Aspekte der Wirklichkeit eröffnen, dass wir durch diese Enthüllungen entweder dem Wahnsinn verfallen oder aus dem tödlichen Licht in den Frieden und die Sicherheit eines neuen, dunklen Zeitalters fliehen werden."
Lovecraft, selbst Amateur-Astronom und informiert über die vielen wissenschaftlichen Entwicklungen seiner Zeit, erkannte, wie beschränkt die menschlichen Sinne sind. Mit Hilfe von Röntgenstrahlen kann man schließlich durch Materie hindurchsehen, mit Infrarottechnik ist man in der Lage, Wärme ‚sichtbar' zu machen. Wer konnte zu Lovecrafts Zeit vorhersagen, welche Welt durch eine der nächsten Erfindungen erschlossen werden würde? Etwa die Wahrnehmung ultravioletter Strahlung, wodurch sich für den Protagonisten in Lovecrafts 1920 entstandener Erzählung *Vom Jenseits* eine Welt des absoluten Horrors eröffnet. Auf einmal wird eine schreckliche

Dimension sichtbar, die inmitten unserer Wirklichkeit existiert. Lovecraft ließ sich von den bedeutendsten wissenschaftlichen Entdeckungen seiner Zeit inspirieren, von Erfindungen, die zeigten, dass das Universum viel mehr Erscheinungsformen hat, als wir wahrnehmen können.

Trotz der Inspiration durch die Wissenschaft schrieb Lovecraft keine reine Science-Fiction. Dafür ist er viel zu sehr von Angst in all ihrer Irrationalität präokkupiert. Als mögliche Ursache für seine Obsession für lähmende Ängste wird eine frühe Konfrontation mit dem Wahnsinn genannt: Sein Vater, ein Handelsvertreter, verlor bei einer akuten Panikattacke in einem Hotelzimmer – wahrscheinlich infolge von Syphilis – den Verstand und verbrachte die restlichen sieben Jahre seines Lebens im Zustand der Erstarrung in einer Anstalt. Lovecraft war zwei Jahre alt, als das passierte.

Lovecraft realisierte seinen kosmischen Horror am wirkungsvollsten in einer Reihe von Erzählungen, die man als Cthulhu-Zyklus bezeichnet. Geschichten wie *Berge des Wahnsinns* (1931), *Schatten über Innsmouth* (1931) und die bereits weiter oben erwähnte Erzählung *Cthulhus Ruf* (1928) sind gute Beispiele dafür. Lovecrafts zentrales Thema, ‚das Unsichtbare', das Chaos, das jenseits der Grenzen unserer Wahrnehmung lauert, erhält in diesen Erzählungen in Form eines ganzen Pantheons von Gott-Monstern aus anderen Dimensionen auf manische Weise Gestalt.

Bizarre vorweltliche kosmische Wesen, die dem aus der griechischen Mythologie stammenden Keto oder nordischen Kraken ähneln, mit Namen wie Cthulhu, Mi-Go oder Yog-Sothoth. Diese Wesen, einst Herren des Universums, halten sich versteckt und warten darauf, dass sich ein Riss im Gewebe des Kosmos auftut, um dann mit ihren Tentakeln erneut unsere Welt zu erobern und die Menschheit zu vernichten oder zu unterwerfen. Nur wenige reden von diesen Wesen, und das auch nur im Flüsterton. Bei den Inuit und den Arabern gibt es Sekten, die sie anbeten. In Büchern wie dem *Necronomicon* des wahnsinnigen Arabers Abdul Alhazred und dem noch obskureren Werk *Unaussprechliche Kulte* von von Junzt wird darüber gesprochen. Und diejenigen, die einen kurzen Blick auf diese Wesen werfen können, verbringen den Rest ihres Lebens in lähmender Todesangst.

Die breite Perspektive seiner Erzählungen lässt in Lovecrafts Werk, vorsichtig ausgedrückt, kaum Raum für Psychologie oder menschliche Interaktion, von Sinnlichkeit oder Sexualität ganz zu schweigen. Seine Protagonisten, unter denen es kaum Frauen gibt, sind Zuschauer, oft Wissenschaftler ohne ausgeprägte Charakterzüge, durch die wir Zeuge des Einsturzes von allem werden, was wir für sicher hielten. Lovecrafts Erzählungen lesen sich wie wissenschaftliche Protokolle vollkommen bizarrer Ereignisse, mit lauter Details, die den Leser über die Schwelle seiner Ungläubigkeit ziehen. Lovecrafts Versuche, den Leser von seiner Welt – und vor allem von deren Abscheulichkeit – zu überzeugen, wirken nicht selten verzweifelt. Denn wie ernst kann man seine absurden Einfälle eigentlich nehmen? Der durchschnittliche Unterhaltungsautor seiner Zeit hätte aus den lauernden vorweltlichen Gott-Monstern, den nächtlichen Hexensabbats in Sümpfen und den Toren zu anderen Dimensionen hemmungslosen Blödsinn fabriziert. Doch Lovecraft ist nicht hemmungslos. Akribisch verwebt er seine bizarren Vorstellungen zu hermetischen und die Sinne täuschenden Texten voller bestechender Argumentationen, (pseudo-)wissenschaftlichen Begründungen und obskuren Verweisen. Lovecrafts Manie erinnert vor allem an den paranoiden Typen, der einen auf der Straße anquatscht und einen von seinen Wahnideen überzeugen will, koste es, was es wolle. Gerade Lovecrafts vollkommener Ernst lässt einen beim Lesen an seinem Verstand zweifeln.

Die Vagheit der Handlung seiner Geschichten, seine zwingende Herangehensweise und der Mangel an Psychologie in seinen Erzählungen haben zur Folge, dass Lovecraft hin und wieder lächerlich gemacht wird. Doch Lovecraft schrieb auch, vor allem während der ersten zwanzig Jahre seines Schriftstellerlebens, hervorragende makabre Geschichten, die – obwohl sie immer sonderbar waren – den allgemeinen Geschmack besser trafen. *Kühle Luft* (1926), *Herbert West – der Wiedererwecker* (1922), *Die Ratten im Gemäuer* (1923) sind hierfür gute Beispiele. Das ist beste Unterhaltung mit einem beinahe perfekten Plot. Deutlich ist, dass Lovecraft auf der Suche nach etwas Anderem war und dies auch fand. Dass der übergroße Teil seines Werks obskur ist, macht ihn nur umso interessanter.

Erik Kriek (Amsterdam, 1966) ist in den Niederlanden vor allem für die wortlosen Abenteuer seines Antihelden Gutsman und seiner im Tigerkostüm gekleideten besseren Hälfte Tigra bekannt. Außerdem veröffentlichte er zahlreiche Illustrationen; u.a. in *De Volkskrant*, *VPRO Gids*, *Vrij Nederland* und *NRC Handelsblad*. 2008 erhielt er den Stripschapprijs für sein Lebenswerk.

Mit der Vollendung dieser Lovecraft-Adaption geht für ihn ein lang gehegter Wunsch in Erfüllung.

Erik Kriek lebt und arbeitet in Amsterdam zusammen mit seiner Freundin Stans und seinem 2008 geborenem Sohn Clovis.